I0546605

NOTICE BIOGRAPHIQUE

sur les

DERNIERS MOMENTS

ET LES VERTUS

de

M. L'ABBÉ BÉCOURT

Curé de Notre-Dame de Bonne-Nouvelle, à Paris,
Ancien Curé de Dugny, sa première paroisse,
Tué le 27 mai 1871, en haine de la foi,

PAR

M. L'ABBÉ ROLLAND

Curé de Dugny.

———————

PARIS
IMPRIMERIE DE L'ŒUVRE DE SAINT-PAUL
51, rue de Lille, 51
SOUSSENS ET Cⁱᵉ

—

1878

A LA MÉMOIRE GLORIEUSE

DU DIGNE ET VÉNÉRÉ M. L'ABBÉ BÉCOURT

CURÉ DE NOTRE-DAME DE BONNE-NOUVELLE

Ancien curé de Dugny, sa première paroisse, tué le 27 Mai 1871, à Paris,
en haine de la foi.

I

Testament spirituel de M. Bécourt.

« Le 28 mai 1871, dit M. Guérin, dans son
ouvrage, *le Massacre des otages,* M. Bruant,
lieutenant de vaisseau, trouva dans la cellule
de M. Bécourt, à la Roquette, quelques lignes
écrites par celui-ci avant sa mort. Nous citons
cette page, si belle, qui atteste la grandeur et
l'élévation morales des dernières pensées du
martyr. »

Et, sur ces mêmes paroles, M. Louis Veuil-
lot écrivit dans l'*Univers,* entre autres choses:

« Ce sont les pulsations de l'agonie d'un
juste, doux et aimant, sévère à lui-même, plein
de foi, craignant Dieu.

« Ce Testament soudain, écrit sous le cou-
teau, vaut la plus haute méditation sur la mort,
et on ne l'estimera pas moins comme peinture

vivante d'une âme chrétienne et sacerdotale.

« Il a vécu cinquante-sept ans, il a été curé. Voyez ce qu'il a fait, ce qui l'inquiète au dernier moment, de quelle façon il reçoit cette cruelle et injuste mort. Il tombe assassiné comme s'il mourait par accident, et ne songe à ceux qui le précipitent que pour leur pardonner. Vous avez le prêtre. »

Voici maintenant quelques-unes de ces remarquables paroles :

> « *Prison des Condamnés, à la Roquette, Jeudi, 25 mai, 45ᵉ jour de détention, quelques moments avant ma mort.*

« Je remets mon âme à Dieu.

« Je me mets sous la protection de Marie et Joseph.

« J'envoie à ma bonne mère mes dernières respectueuses et affectueuses salutations. Un souvenir à mon cher père, mort en 1840.

« Adieu chère mère, bonne sœur, bon frère. Adieu Mgr d'Arras.

« Que Mgr d'Arras veuille bien les consoler.

« J'ai désiré être Curé de Paris ; c'est l'occasion de ma mort : c'est un ancien pressentiment et peut-être ma punition.

« Adieu à Dugny (où il avait été huit ans

curé), aux pauvres comme aux riches. Croyez tous à mon amour en Notre-Seigneur Jésus-Christ. Adieu! Adieu!

« Je demande pardon à Dieu.

« Je demande pardon à tous ceux que j'ai offensés et scandalisés.

« Je pardonne à tout le monde, sans le moindre mouvement d'animosité.

« Au ciel, parents et amis, au ciel!

« Pardon, mon Dieu, pardon!

« Que ceux qui sont ennemis aujourd'hui, demain soient d'accord, et que Paris devienne une ville de frères qui s'aiment en Dieu.

« Je me prépare comme si j'allais monter à l'autel.

« Que l'on dise bien aux paroissiens et aux enfants que je meurs parce que j'ai voulu rester à mon devoir et sauver les âmes en ne quittant pas Paris.

« Dieu me recevra-t-il?

« Au commencement de nos malheurs, au mois de septembre, je m'étais offert en victime pour Paris. Dieu s'en est souvenu.

« Que mon sang soit le dernier versé!

« Que Dugny, que Puteaux se convertissent!

« Je meurs à 57 ans et ..... jours.

« Si j'en avais profité! »

Puis, à la suite :

« *Ce vendredi, 26 mai, 6 h. 1/2 du soir.*

« Je meurs dans l'amour de mon Dieu, avec soumission à sa volonté sainte.

« Nonobstant mes péchés.

« Depuis deux jours, je fais mon sacrifice d'heure en heure.

« Heureux celui que la foi soutient dans ce terrible moment.

« Tout à sa volonté!

« Un de mes confrères ayant une sainte Hostie, j'ai reçu la communion en viatique. »

II

Arrestation, captivité et mort de M. Bécourt.

Telle fut la confession sublime du mourant. Voyons brièvement les longues souffrances du captif, l'agonie et la mort du martyr.

M. l'abbé Bécourt fut arrêté le 11 avril, conduit bientôt à Mazas, et de là transféré à la Roquette, près de laquelle il devait consommer son sacrifice. M. Bécourt montra la plus grande énergie. Il sut qu'on devait l'arrêter ; comme son illustre archevêque, il répondit qu'on le trouverait à son poste : il en fut ainsi.

Je ne peux, dans une courte notice, raconter en détail tout ce que souffrit notre vénéré prêtre pendant sa captivité. J'emprunte, pour en dire quelque chose, la parole à Mgr Perraud :

« Le temps me manque, dit-il, pour suivre nos martyrs de prison en prison : à la Conciergerie, à Mazas, à la Roquette, stations de la voie douloureuse qui devait les conduire toujours plus près du lieu où le sacrifice serait consommé.

« On les fait souffrir et on les injurie ; on leur mesure avec parcimonie le pain du jour, et, par une cruauté plus froide, on vient troubler le repos déjà si difficile de leurs nuits. Tour à tour, on les assaille de questions captieuses et on les environne d'un silence de mort.....

« D'heure en heure, le bruit de la bataille se rapproche ! à chaque instant ce sont d'effroyables explosions, et les lueurs des flammes viennent éclairer les cellules des prisonniers. Est-ce la mort qui les appelle, est-ce la délivrance qui approche ?

« Elles arrivaient toutes les deux.

« Depuis près de deux mois, nos chers captifs n'avaient pu obtenir une seule fois ni de célébrer les saints mystères, ni même d'y assister.

« Cependant, aux approches du dernier combat, Dieu ne voulut pas que ses serviteurs fussent privés du pain que les chrétiens des premiers siècles avaient mangé autrefois dans le secret des catacombes, avant d'aller confesser leur foi au milieu des tourments.

« Mon Dieu ! comment exprimer avec quelle joie fut reçue cette vraie manne du Ciel, tombant dans ces cachots, pour être le viatique du dernier voyage, la préparation immédiate au suprême combat !

« Encore quelques heures, et tout allait être consommé ! !

« Le mercredi, 24 mai, on permet aux prisonniers de se voir et de s'entretenir librement. Ainsi, autrefois, dans la Rome païenne et enivrée du sang des martyrs, on accordait la faveur du repas libre aux condamnés qui devaient le lendemain rougir de leur sang l'arène de l'amphithéâtre.

« Les prisonniers sont descendus. Tout le diocèse est représenté là autour de son archevêque captif; je vois ses vicaires généraux, deux de ses curés (M. Deguerry et M. Bécourt), des vicaires, des missionnaires, un séminariste,... enfin ces religieux..... »

Et., le soir même, six nobles victimes tombaient à la Roquette, parmi lesquelles Mgr l'Archevêque de Paris....

« Le soir, quelques heures après l'accomplissement du crime, a écrit M. Ur. Guérin, — et je prie qu'on remarque particulièrement ces derniers détails atroces, ils touchent spécialement notre chère victime, M. Bécourt, dont ils nous peignent le glorieux martyre, — les otages restés dans leurs cellules, et qui, à chaque heure, à chaque minute, croyaient être appelés à leur tour, — ils avaient presque assisté à l'exécution précédente, — entendirent un certain bruit dans le corridor. C'étaient les pas de plusieurs personnes. On tâtonnait, on cherchait à la lueur douteuse d'une lanterne à distinguer le numéro des cellules. L'un de ceux qui accomplissaient cette visite, frappa à la porte du numéro 24. « Qui est là? » « C'est M. Bécourt, curé de Bonne-Nouvelle. » — Quel moment! — « Ah! il est pour la prochaine fournée; » et, passant outre, les fédérés entrèrent dans les cellules des otages fusillés, furetant partout, et s'efforçant de découvrir quelque objet précieux. »

Telles ont donc été les souffrances, les angoisses, l'agonie de M. l'abbé Bécourt pendant sa longue captivité ; nous comprenons mieux maintenant les notes brèves trouvées dans sa cellule, après sa mort. Le 24 mai, il avait entendu le feu d'exécution sur Mgr Darboy ; le 25 et le 26 il avait écrit son testament, attendant la mort d'heure en heure, et, quand, le samedi matin, 27, il put se réunir aux otages survivants, il dut s'imaginer rêver en se voyant encore de ce monde. Hélas ! Dieu l'avait réservé comme un dernier holocauste.

« Le 27 mai, vers les trois heures de l'après-midi, raconte M. Guérin, les gardiens de la prison, s'apercevant de la fuite des insurgés, avaient ouvert les portes des cellules et engagé les otages à s'enfuir au plus vite, et tous les prisonniers se répandirent dans les rues avoisinant la Roquette, encore hérissées de barricades.

« Au lieu de la sécurité, ils rencontrèrent les plus graves périls. La majeure partie cependant parvint à s'échapper. Il n'en fut pas de même de l'abbé Bécourt, curé de Bonne-Nouvelle, de Mgr Surat, vicaire général, du P. Houillon et de M. Choulieu, employé à la préfecture de police. L'abbé Bécourt était vêtu d'une mauvaise jaquette. Ils avaient déjà traversé deux barricades; mais, à la seconde, qui inter-

ceptait le boulevard Voltaire, ils furent arrêtés
par une cantinière et par un homme, inconnu
dans le quartier, désigné sous le nom de Clai-
ron. Il les emmena au 130 de la rue de Cha-
ronne et leur demanda qui ils étaient. Là,
quelques femmes, ayant deviné que c'étaient
des ecclésiastiques échappés de la Roquette,
intervinrent : « Laissez donc ces hommes partir,
votre cause est perdue. On s'est assez battu
pour elle. » L'une d'elles fit même les plus
généreux efforts pour les sauver. Mais les fédérés, voyant qu'ils tenaient en leur pouvoir
des prêtres, ne voulurent rien écouter, et un
homme vêtu de noir, qui accompagnait les
insurgés, prit la parole : « Retirez-vous, ci-
toyenne, dit-il, vous ne les sauveriez pas, et
vous attireriez sur vous et sur la maison d'autres malheurs. »

« A la vue de cet acharnement, ne voulant
exposer personne pour lui, le curé de Bonne-
Nouvelle engagea généreusement cette femme
à ne pas insister : « Laissez-les, madame, il
leur faut du sang ! qu'ils prennent le nôtre. »

« Les fédérés, tout joyeux de leur capture,
s'apprêtent à fusiller immédiatement les qua-
tre prisonniers ; mais bientôt ils prennent le
parti d'emmener leurs victimes dans un lieu où

ils auront la faculté de les massacrer à l'aise.
Une sorte de cortège se forme. En tête, marche
une ambulancière, un drapeau rouge à la main,
un revolver et un long poignard dans la ceiǹ-
ture, un brassard au bras. Derrière viennent
les otages, entourés de gardes nationaux, et,
suivant les récits des enfants échappés du
dépôt des jeunes détenus, chaque fois que
la fatigue ou les obstacles ralentissent leur
marche, les fédérés les piquent à coup de
bayonnette.

« Enfin, parvenus place de la Roquette, ils
sont rangés au pied du mur de la petite Roquette, sur le quinconce et tout à côté de l'an-
gle de la rue Servan. Une cantinière donne
aussitôt le signal du massacre, en déchargeant
son arme sur le crâne de Mgr Surat, et tous
les gardes, l'imitant, tirent sur les prisonniers, » qui tombent, sauf M. Choulieu, cependant bientôt immolé. »

Ils avaient été insultés de la manière la plus
ignoble ; les assassins s'acharnèrent sur leurs
cadavres mêmes, et les défigurèrent à ce point
qu'à peine ensuite pût-on les reconnaître.

« Ces infâmes sicaires, dit M. l'abbé Perny,
prirent enfin les corps de leurs victimes et les
déposèrent à une petite distance de là, au pied

d'un arbre, » sous quelques centimètres à peine de terre.

« J'ai visité, dit M. Perny, l'endroit où ces vénérables collègues, ont succombé sous les balles de ces assassins sans nom, et la fosse encore béante qui a reçu leurs précieuses dépouilles. »

III.

Résumé rapide des vertus remarquables du digne M. Bécourt, comme prêtre et comme pasteur.

Nous avons vu M. l'abbé Bécourt aux prises avec tout ce que la captivité, l'inquiétude poignante, la souffrance et la mort ont de plus cruel ; or, on l'a constaté avec nous, et j'ai été plus impartial en laissant parler de graves et judicieux témoins, oui, je l'affirme, et aucune voix ne me démentira, M. Bécourt a fourni noblement la difficile carrière du martyre que Dieu daigna ouvrir devant lui.

Eh bien ! je veux maintenant et rapidement faire connaître les qualités et les vertus personnelles de M. Bécourt considéré comme prêtre et comme pasteur. Je crois qu'il est peu connu sous ce rapport, et qu'on ne lui rend pas la justice qu'il mérite. Moi-même, curé de Dugny, dont il fut pendant huit années le pasteur estimé et aimé, je voulus impartialement m'éclairer sur ce point. J'ai consulté à Dugny, à Puteaux, à Saint-Philippe du Roule, à Bonne-Nouvelle et à Villejuif, où il repose en ce moment; je n'ai pas eu le bonheur de le connaître, mais j'ai entendu et fait déposer plusieurs personnes qui l'ont longtemps et intimement approché, et partout les témoignages ont été les plus honorables pour lui.

Je résume donc succinctement la vérité à cet égard, et l'on verra que l'homme et le prêtre étaient dignes du martyr, et que si M. l'abbé Bécourt ne se montra pas un prêtre brillant et très-remarqué, il fut néanmoins un homme de mérite, un saint prêtre et un digne et zélé pasteur.

On a écrit de M. Bécourt : « C'était un homme simple, doux, charitable et bienveillant, un bon pasteur, qui a laissé les meilleurs souvenirs et les plus sincères regrets. »

Et une autre personne m'a parlé de la vénération qu'elle lui portait, l'ayant longtemps et particulièrement connu, et, par delà la tombe, cette vénération s'est traduite par des témoignages non équivoques.

C'est vrai, M. Bécourt était un prêtre simple
et bon. A Dugny, il s'efforça de faire tout le
bien possible, et l'on sait que, dans la banlieue
de Paris, le bien n'est pas facile à faire. Il était
bon et familier pour ses paroissiens ; il les visi-
tait souvent, attendant pour le faire leur retour
des travaux des champs. En chaire, il leur
parlait familièrement, mais avec zèle, et même
son zèle, juste cependant, lui valait quelques
plaintes. Il s'occupait des enfants avec une bonté
douce et charmante.

Mais ce fut à Puteaux, dont il fut dix à douze
ans curé, que ses qualités solides prirent de
l'essor ; j'en ai eu un témoignage précis. Au
milieu de cette population uniquement ouvrière,
il eut à triompher de nombreux obstacles. Sans
employer de moyens extraordinaires, il com-
mença par se faire respecter et aimer, même de
ceux qui ne servaient pas Dieu. Il se fit, à
l'exemple de son Maître, le serviteur de tous.
Il était prudent, charitable, plein d'égards. Il
aimait l'ordre et la simplicité. C'était surtout
par ses manières douces et aimables qu'il ra-
menait les âmes à Dieu, et il en ramena un
grand nombre, conversions sincères qui édifient
encore Puteaux. Il était modeste et fort humble,
cachet d'or du mérite et de la vertu dans un

prêtre ; il s'effaçait volontiers, faisant peu de
cas des éloges, et supportant même le blâme,
pourvu qu'on ne l'empêchât pas de faire le bien.

Ses instructions simples et pratiques étaient
toujours écoutées avec respect et recueille-
ment, on aimait l'entendre.

M. Bécourt s'occupait beaucoup des pauvres
et des malades ; il ne refusait jamais l'aumône.
Il était à la disposition des malades à toute
heure du jour et de la nuit, et l'on comprend
la peine qu'il dut y prendre en songeant que
longtemps la nombreuse population de Puteaux
n'eut pour la desservir que deux prêtres, le
curé et le vicaire, le curé partageant tout le
travail comme un simple vicaire, et, pendant
le choléra de 1865, c'est à peine s'il avait un
instant de repos.

Au reste, il était l'ami de ses prêtres, véri-
table caractère sacerdotal ; il les consultait
en tout et les déchargeait des ministères les
moins agréables. Aussi ses prêtres lui ren-
daient-ils largement son affectueux dévoue-
ment, et j'en ai eu, dans mes recherches, de
touchants témoignages.

Mais comme tous les pasteurs zélés et
vraiment intelligents, surtout en ce temps
malheureux où tant d'efforts sont faits pour

soustraire stupidement la jeunesse à l'influence surnaturelle et chrétienne, M. Bécourt comprit que ses travaux n'aboutiraient jamais, si les enfants de Puteaux ne recevaient pas une éducation solidement chrétienne. Or, à Puteaux, la jeunesse était nombreuse. Et cependant les Sœurs de Saint-Vincent de Paul, qui, depuis dix ans, élevaient l'enfance, se trouvaient sur le point de quitter la paroisse, faute de ressources pour s'établir convenablement : il ne fallait pas moins de 100,000 francs pour cette installation nouvelle. M. le curé n'était pas riche, mais il avait du cœur, il était charitable, et, au prix de tout, il voulait sauver les âmes. Le temps pressait. Il se mit résolument à l'œuvre. Une souscription fut ouverte. Il s'y inscrivit le premier et le vicaire après lui, et, en moins de quelques semaines, elle atteignit, dans la seule paroisse, le chiffre énorme de cinquante-quatre mille francs. Mgr l'archevêque, Mme la Supérieure des Sœurs, et d'autres bienfaiteurs firent le reste, et, de cette sorte, s'éleva bientôt une maison déstinée à recevoir 500 enfants, dont 60 internes.

Je dis, et chacun redira comme moi, que voilà vraiment une grande et belle action.

« En un mot, — m'a-t-on dit, en achevant

de me raconter cette noble existence, que l'on avait étudiée de bien près, — la vie de M. Bécourt était la vie d'un saint prêtre travaillant avec ardeur au salut des âmes. »

Peut-on dire plus ? et après cet éloge que peut envier un prêtre ? — Rien.

Je me trompe : le martyre !

Dieu le réservait à M. Bécourt...

Il fut sa récompense.

A Notre-Dame de Bonne-Nouvelle, où M. Bécourt se trouvait seulement depuis 14 mois, il continuait à faire le bien, il en eût fait beaucoup ; mais son œuvre était accomplie, la pierre était taillée pour entrer avec honneur dans l'édifice de la cité céleste : la souffrance acheva de la polir, et tout fut consommé.

IV

Les victimes ecclésiastiques de la Commune, et M. Bécourt comme chacune d'elles, méritent-elles véritablement le nom de martyrs ?

Evidemment, en cette grave question, et selon les décrets des Souverains-Pontifes, nous ne préjugeons en aucune manière le jugement de la sainte Église. Néanmoins, à la suite des juges les plus compétents dont, avec soin, nous allons rapporter les paroles, nous nous prononcerons pour l'affirmative, et, appliquant particulièrement tous ces témoignages au vénéré M. Bécourt, dont, nous avons pris à tâche de faire connaître le mérite et d'honorer la glorieuse mémoire, nous nous réjouirons profondément pour lui d'un titre si grand, nous nous recommanderons secrètement à ses suffrages, assuré qu'il nous obtiendra de l'honorer sur la terre comme nous avons si vivement à cœur de le faire, en dépit des obstacles, et comme Dugny, qu'il aimait comme sa première paroisse, en poursuit généreusement et activement en ce moment le projet.

Voici d'abord le pieux et touchant M. l'abbé Perny, témoin oculaire.

Mgr Darboy venait d'être immolé.

« Je continuai à prier, dit-il, en invoquant les nouveaux martyrs de Jésus-Christ, avec l'accent de la plus vive confiance. « Oh ! oui, ils sont bien martyrs, disais-je, mille fois plus martyrs que ceux des pays infidèles. » Dans ces pays-ci on trouvera rarement les circonstances hideuses qui se rencontraient dans cette exécution. »

Et en un endroit il dit que le démon, Satanas, était entré en eux ; — et il a raison.

Et plus loin :

« J'éteignis alors ma bougie. La pensée des six martyrs de la veille ne me quittait plus. Je songeais à leur auréole. Il y a quelques mois ces six otages étaient loin de se douter que la gloire du martyre couronnerait leur carrière. *Non pœna sed causa facit martyrem* ; « c'est la cause et non la peine qui fait le martyr. » Dans la pensée de nos bourreaux, Dieu n'existe pas. Ce seul nom adorable provoque sur leurs lèvres des torrents de blasphèmes et les hideux sarcasmes de Voltaire. Ils veulent, disent-ils, enseigner l'athéisme par la science et convertir nos temples catholiques en temples d'athées.

« Ils nous haïssent à cause de notre caractère sacré de toute la haine dont le démon seul est capable. Nous voulons, me disait un jour l'un des membres de la Commune, « le plus d'otages possible parmi les prêtres. » Ces monstres de l'humanité ont dû répéter bien des fois, je l'imagine, ce mot tristement célèbre d'un empereur romain: « Que n'ont-ils qu'une seule tête, et que ne puis-je l'abattre d'un seul coup ! » J'ai vu bien des néophytes dans l'Orient. Personne dans le pays n'hésite à les regarder comme de véritables martyrs de Jésus-Christ. Les victimes de la Commune sont, à mes yeux, encore plus dignes de ce titre. »

Entendons maintenant le P. de Ponlevoy, dans les Actes de la mort des RR. PP. Jésuites:

« M. l'abbé Bayle, vicaire général de Paris, dit-il, témoin accrédité de la Conciergerie, de Mazas et de la Roquette, prononça l'oraison funèbre (des victimes jésuites), qui devint presque un panégyrique. »

« Invité à prêcher l'oraison funèbre, a déposé M. Bayle lui-même, mon discours a eu précisément pour but de montrer à une assemblée très-nombreuse que les cinq Pères avaient été persécutés et mis à mort en haine du nom de Jésus, qu'ils portaient avec tant de gloire. Cette opinion, je la trouve partagée par les hommes les plus éminents, puisque j'en ai parlé avec Mgr l'Archevêque de Paris actuel, (Mgr Guibert), devant son entourage, et que personne ne m'a fait la moindre observation sur cette opinion que j'avais avancée publiquement. »

« Mais la proposition, émise à Paris, n'eût point été contredite même à Rome, dit le

P. de Ponlevoy. Dans une audience privée, le 3 décembre 1872, le Souverain-Pontife (Pie IX) a daigné me parler dans le même sens, et naguère encore, un éditeur de Paris lui ayant fait hommage des Actes et des photographies de nos cinq martyrs, en retour, Pie IX lui fit adresser une réponse où ils sont désignés expressément comme mis à mort, tous les cinq, en haine de de la Foi. »

Or, il est de toute évidence que la cause du vénéré Émile Bécourt est la même, absolument, et qu'identifiés dans la souffrance et dans la mort, ils le sont dans le mérite et dans la gloire devant Dieu et devant les hommes, ou si devant les hommes et sur la terre leur renom n'est pas encore égal, c'est que l'on n'a pas encore assez étudié la belle figure de M. Bécourt; mais, nous en portons dans notre âme l'invincible conviction, cette éclipse s'évanouira, justice sera rendue également à tous, et bientôt la mémoire du digne et vénéré Émile-Victor Bécourt, curé de Notre-Dame de Bonne-Nouvelle, massacré en haine de la Foi, le samedi 27 mai 1871, sera universellement et justement honorée.

Paris. — Imp. de l'Œuvre de St-Paul, Soussens et Cie, 51, rue de Lille.

www.ingramcontent.com/pod-product-compliance
Lightning Source LLC
Chambersburg PA
CBHW061744180626
46818CB00006B/2742